Hilde Domin

RÜCKKEHR DER SCHIFFE

Gedichte

Fischer Taschenbuch Verlag

14.–18. Tausend: März 2006

Veröffentlicht im Fischer Taschenbuch Verlag,
einem Unternehmen der S. Fischer Verlag GmbH,
Frankfurt am Main, Oktober 1994

Lizenzausgabe mit Genehmigung des
S. Fischer Verlags GmbH, Frankfurt am Main

Gesamtherstellung: Clausen & Bosse, Leck
Printed in Germany
ISBN-13: 978-3-596-12208-0
ISBN-10: 3-596-12208-2

RÜCKKEHR DER SCHIFFE

Herbstaugen

Presse dich eng
an den Boden.

Die Erde
riecht noch nach Sommer,
und der Körper
riecht noch nach Liebe.

Aber das Gras
ist schon gelb über dir.
Der Wind ist kalt
und voll Distelsamen.

Und der Traum, der dir nachstellt,
schattenfüßig,
dein Traum
hat Herbstaugen.

Landschaft bei Cadiz

Wie der Fluß zum Meer hinabfließt,
wie das Meer den Fluß heraufkommt,
süßes Wasser,
salziges Wasser,
das Salz gewinnt.

Tränengärten
wo die Träume über ihr Ufer treten.
Nicht Blüten,
Salz-
beete
weiß in der Sonne.

Wenn wir die Pappeln verlassen
am süßen Wasser
und zur Mündung hinabgehn:
Flüsse, Gärten,
Träume aus Salz.

Nachmittag am Guadalquivir

Aber das Glück.

Mach ein Kreuz auf den Boden:
Hier war ich glücklich.
Aus gar keinem Grund,
wie man glücklich ist, ohne Gründe.
Nachmittag am Guadalquivir,
die Brücke voll Sonne,
du selber tanzende Luft,
nichts Festes.

Du steigst nicht auf.
Das Glück ist kein Flugzeug,
hat keinen Fahrplan,
keinen Lufthafen.
Ein großer Vogel,
der einen kleinen
auf seine Fittiche nimmt.
Irgendwo.
Du hast an der falschen Stelle gewartet.
Das Kennwort für die Abfahrt
war dies Jahr anders.
Vielleicht eine Wolke in einer Wasserlache,
eine Lokomotive
mit einem Blumenstrauß an der Brust.
(Weil der Heizer Geburtstag hat,
grüßt dich der Zug
mit einem gelben Bukett.)

Es war unnütz,
Fußstapfen auf den Boden zu zeichnen

in frische Farbe
oder in feuchten Zement
und den Fuß in den Abdruck zu passen.
Die Spur eines Toten,
Jahrhunderte tot,
ist dir nicht fremder.

Losgelöst

Losgelöst
treibt ein Wort

auf dem Wasser der Zeit
und dreht sich
und wird getragen
oder geht unter.

Du hast mich lange vergessen.
Ich erinnre schon niemand,
dich nicht
und niemand.

Dies Wort von mir zu dir,
dies treibende Blatt,
es könnte von jedem
Baum

auf das Wasser gefallen sein.

Rückkehr

Meine Füße wunderten sich
daß neben ihnen Füße gingen
die sich nicht wunderten.

Ich, die ich barfuß gehe
und keine Spur hinterlasse,
immer sah ich den Leuten auf die Schuhe.

Aber die Wege feierten
Wiedersehen
mit meinen schüchternen Füßen.

Am Haus meiner Kindheit blühte
im Februar
der Mandelbaum.

Ich hatte geträumt,
er werde blühen.

Jenseits des Bergs

Die Zeit
macht einen Buckel vor mir
und wirft sich auf wie ein Berg.
Auf der anderen Seite
liegt morgen:
Die Abfahrt, immer die Abfahrt.
Die Koffer werden zu eng sein,
ich muß alles hierlassen.
Nichts läßt sich berechnen
was jenseits des Bergs ist,
am anderen Abhang,
der nicht auf mich zukommt.

Die Zimmer in die ich Rosen stellen werde
daß etwas darin mein sei,
ich fühle ihre Klinken in der Hand,
Klinke nach Klinke,
ihre Tapeten sind gegen mich.
Aber sie sind noch
auf der anderen Seite
des Bergs.
Ich muß sie nicht sehen,
die ich suchen,
in denen ich wohnen werde,
eine Woche von nun.

Auf der anderen Seite des Bergs,
fern,
der Abend auf den schon der Uhrzeiger zuläuft,
der Abend dieses Tags
an dem der Regen nicht kommt, aber

an dem ich dich wiederseh,
an dem wir uns trennen, hilflos.
Ich bin zu klein, um hinwegzusehn
über diesen
Berg von zwei Stunden,
auf dessen anderer Seite
du auf mich wartest.

Knospe

Die Knospe einer Liebkosung,
von keinem Gärtner gepflegt,
im Laub meines Körpers verborgen,
langsam,
unaufhaltsam sich öffnend,
macht mich fremd mit mir selbst.

Abzählen der Regentropfenschnur

Ich zähle die Regentropfen an den Zweigen,
sie glänzen, aber sie fallen nicht,
schimmernde Schnüre von Tropfen
an den kahlen Zweigen.
Die Wiese sieht mich an
mit großen Augen aus Wasser.
Die goldgrünen Weidenkätzchen
haben ein triefendes Fell.
Keine Biene besucht sie.
Ich will sie einladen
sich an meinem Ofen zu trocknen.

Ich sitze auf einem Berg
und habe alles,
das Dach und die Wände,
das Bett und den Tisch,
den heißen Regen im Badezimmer
und den Ofen mit löwenfarbener Mähne,
der atmet wie ein Tier
oder ein Mitmensch.
Und die Postfrau
die den Brief bringen würde
auf meinen Berg.

Aber die Weidenkätzchen
treten nicht ein
und der Brief kommt nicht,
denn die Regentropfen
wollen sich nicht zählen lassen.

Ich sitze auf meinem Berg.
ich habe nichts.

Winter

Die Vögel, schwarze Früchte
in den kahlen Ästen.
Die Bäume spielen Verstecken mit mir,
ich gehe wie unter Leuten
die ihre Gedanken verbergen
und bitte die dunklen Zweige
um ihre Namen.

Ich glaube, daß sie blühen werden
– innen ist grün –
daß du mich liebst
und es verschweigst.

Magere Kost

Ich lege mich hin,
ich esse nicht und ich schlafe nicht,
ich gebe meinen Blumen
kein Wasser.
Es lohnt nicht den Finger zu heben.
Ich erwarte nichts.

Deine Stimme die mich umarmt hat,
es ist viele Tage her,
ich habe jeden Tag
ein kleines Stück von ihr gegessen,
ich habe viele Tage
von ihr gelebt.
Bescheiden wie die Tiere der Armen
die am Wegrand
die schütteren Halme zupfen
und denen nichts gestreut wird.

So wenig, so viel
wie die Stimme,
die mich in den Arm nimmt,
mußt du mir lassen.
Ich atme nicht
ohne die Stimme.

Unaufhaltsam

Das eigene Wort,
wer holt es zurück,
das lebendige
eben noch ungesprochene
Wort?

Wo das Wort vorbeifliegt
verdorren die Gräser,
werden die Blätter gelb,
fällt Schnee.
Ein Vogel käme dir wieder.
Nicht dein Wort,
das eben noch ungesagte,
in deinen Mund.
Du schickst andere Worte
hinterdrein,
Worte mit bunten, weichen Federn.
Das Wort ist schneller,
das schwarze Wort.
Es kommt immer an,
es hört nicht auf, an-
zukommen.

Besser ein Messer als ein Wort.
Ein Messer kann stumpf sein.
Ein Messer trifft oft
am Herzen vorbei.
Nicht das Wort.

Am Ende das Wort,
immer
am Ende
das Wort.

Flucht

Es flieht das Herz
mit dem Mond,
die Wolken stehn,
der Mond hat Eile.

Es flieht der Mond,
das Herz hat Eile,
es reist den Träumen nach,
die Wolken stehn.

Die Träume häuten sich.
Es flieht das Herz

vor dem Gesicht
seines Traums.

Linguistik

Du mußt mit dem Obstbaum reden.

Erfinde eine neue Sprache,
die Kirschblütensprache,
Apfelblütenworte,
rosa und weiße Worte,
die der Wind
lautlos
davonträgt.

Vertraue dich dem Obstbaum an
wenn dir ein Unrecht geschieht.

Lerne zu schweigen
in der rosa
und weißen Sprache.

Osterwind

Wir haben es den Blumen und Bäumen voraus:
Unsere Jahreszeiten
sind schneller.

Der Tod
steigt im Stengel unseres Traums,
alle Blüten werden dunkel
und fallen.
Kaum ein Herbst. Der Winter kommt
in einer Stunde.

Doch da ist keine Wartezeit,
sicheres Warten
für kahle Zweige.

So wie der Vogel
innehält und sich wendet im Flug,
so jäh, so ohne Grund
dreht sich das Klima des Herzens.
Weiße Flügelsignale im Blau,
Auferstehung
all unserer toten

Blumen
im Osterwind
eines Lächelns.

Indischer Falter

Vielleicht sind wir nichts als
Schalen
womit der Augenblick
geschöpft wird.

In einem alten Mann
der umfällt in Hamburg oder Manhattan
stirbt ein Schmetterling
die blauen Flügel öffnend
– seit dreißig Jahren,
in Angkor-Vath.

Vielleicht wird nichts verlangt
von uns
während wir hier sind,
als ein Gesicht
leuchten zu machen
bis es durchsichtig wird.

Und das Leuchten dieses einen Gesichts
aufzubewahren
wie der alte Mann
den Glanz seines indischen Falters.
Bis wir hingelegt werden
und alles für immer

erinnern – oder vergessen.

Warnung

Wenn die kleinen weißen Straßen
im Süden
die du gegangen bist
sich dir öffnen wie Knospen
voller Sonne
und dich einladen.

Wenn die Welt,
frischgehäutet,
dich aus dem Haus ruft
und dir ein Einhorn
gesattelt
zur Tür schickt.

Dann sollst du hinknieen wie ein Kind
am Fuß deines Betts
und um Bescheidenheit bitten.
Wenn alles dich einlädt,
das ist die Stunde
wo dich alles verläßt.

Angsttraum

Ich muß mich von mir trennen.
Ich werde weggeführt
von mir.
Ich strecke die Hände aus
nach mir,
aber ich biege um eine Ecke
und verlasse mich, die ich weggeführt werde
in einem Sträflingskleid.

Nach vier Ecken kommt die gleiche Straße
für den der um die Ecke biegt,
weiter hinten
die gleiche Straße.
Aber dann würde ich weit sein,
weit weggeführt,
die ich die Arme strecke
nach mir, die um die Ecke biegt.

Lilie

Alle Farbe ist leer,
auch das Nahe so fern.
Nichts ist vertraut:
Vielleicht eine Lilie,
die gestern nicht da war,
heute morgen mich ansah,
lila im Grün.

Der Kuckuck ruft,
die Minuten
bewegen sich nicht.
Über Nacht, unmerklich,
ist diese Lilie gekommen.
Über Nacht, unmerklich,
möchte ich gehn.

Tauben im Regen

Meine Füße die viel gegangen sind,
meine Füße zwei Tauben
die jede Nacht
das Nest deiner Hände suchten,
meine Kinderfüße.

Die du weggewiesen hast,
sie sitzen im Regen
vor deiner Tür,
aneinander geschmiegt,
zwei Tauben im Regen,

meine Kinderfüße.

Von Grün zu Gold

Die Wege werden leer sein, Bruder,
vor meinem Haus
wo ich auch wohne,
Wege die du nicht kommst,
die ich dir nie
entgegengeh.

Im Dunkel die Überfahrt
auf den Tränen,
lange Überfahrt
von einem Tag
an dem du nicht kamst,
zu einem Tag an dem du nicht kommst.

Werd ich es lassen
auf dich zu warten
an den hellen Wegen,
vom grünen Zittern
zum goldenen Zittern
der Birkenblätter?

Warte auf nichts

Vom Baum des Himmels
sind die Wolken auf die Erde gefallen.
Das Land ist gefleckt
von großen dunklen Blättern.

In den Straßen der Traurigen
werden die Fensterrahmen
in der Farbe des Himmels gemalt,
in der Farbe der Sonne
in den lichtlosen Häusern.

Taubenschläge auf den Dächern
für ein hellgefiedertes Gestern,
das nicht wiederkehrt.

Nur das Geläute am Waldrand.
Wellen von kleinen Glocken
bis in das Zimmer.
Zieh die Schuhe aus,
netze die Füße.

Warte auf nichts
als das Läuten
der kleinen Glocken
am Waldrand.

Fesselballon

Alleinsein wird verlangt
in fremden Häusern
wie Aufsteigen in einem Fesselballon.

Dünne Schale
die nicht schützt,
in der du treibst an Ort und Stelle.

Schwalben, Menschen,
gehen, fliegen in Gruppen
davon. Du bleibst.

Bewegen sich über den Boden.
Der Boden
bewegt sich unter dir.

Wer hält dich in der Hand
wie eine große Blume,
wer hält die Schnur?

(Der Baum hat eine Wurzel.
Die Sonne
nimmt ihn nicht mit.)

Aber ein Kind
dem die Schnur entgleitet?
Der Ballon wird kleiner und kleiner.

Ich treibe fort.
Rufend.
In meinem Fesselballon.

Fahrt durch Kastilien

1

Ich weiß nicht, warum die Welt
sich mir in zwei Hälften teilt.

Kastilien ein Weizenfeld.
Das Weizenfeld öffnet sich,
alles öffnet sich,
was ich sehe.
Die andere Hälfte
immer die Deine.

Ich bin so wach,
daß ich die Ähren zählen kann.

Frauen mit großen Hüten,
oben Gold, unten Gold,
goldenes Karussell auf den Tennen.
Die Spreu ein goldener Fächer im Wind.
Alles teilt sich
in zwei Teile.

Schafe, erdgrau, mit dem Hirten,
Ulmen, die sich in Wiesen spiegeln,
Rauchwolken von Vögeln,
Berge,
wollen nicht mein sein,
ohne auch dein zu sein.

Nicht das Feld, nicht die Stadt
mag ich nehmen,
Gold der Ähren, Gold der Türme,
wenn ich nicht dir davon geben darf.

2

Bei den Männern aus grauem Stein
vor der honigfarbenen Kirche,
Jahrhunderte
einander zugewandt,
Gespräch das nie verwittert,
wend ich mich nach dir um
und neige mich zu dir
– du, aus Traum –
und höre deine Stimme
die schweigt.
Unser Gespräch ohne Gesicht.
Ohne Stunde.
Traumgeschwister.
Weniger als der Stein.

Die Tauben sehen von oben
wie ich mich wende,
die Apostel hören,
was ich dir sage
in unsrer wortlosen Sprache.
Es ist sehr hell
zum Träumen.
Ich stehe vor einem Kirchentor
allein auf den Fliesen,
deine Hälfte der Welt,
eine geöffnete Frucht,
in der Hand.

3

Dein Name auf meinen Lippen,
immer am Rande des Rufs,
er darf nicht zu Boden fallen.
Kein Tropfen deines Namens
darf zu Boden fallen.
Ich trage das volle Gefäß
mit Vorsicht.
So leise kann er nicht fallen,
dein Name,
daß nicht der Tag zerbirst.
Und so laut nicht
daß du ihn hörst.

Manuskripte ordnend

Im Weinkeller
meiner Gedichte.
Mir wird ganz schwindlig
von dir.

Hinter den Fensterscheiben
eine große Wolke
zieht langsam
von Vorhang zu Vorhang.

Kindersarkophag

Die Kinder tragen im Spiel
die unnützen Burgen ab
mit ihren Kinderhänden.

Ich habe es verstanden.

Die Ölbäume wachsen einen Zentimeter
ihrer langsamen Zeit
wenn wir lang genug leben.

Du brauchst es mir nicht zu sagen.

Manche der Kinder sterben
zehnjährig
und liegen auf ihrem Sarg.

Wir sehen uns nicht wieder.

Sarg von Vögeln und Blumen,
Jahrhunderte,
erstaunten Auges.

Wir sind schon andere.

Prinzenkinder.
Ohne die Liebe zu kennen.

Wir lernen Verlernen.

Flut

Ich fühle, wie das unruhige
Wasser
deines Herzens steigt.

Ich bitt dich um nichts.

Lasse mich
ertrinken.
Rette das Bild.

Morgens und abends

1

Immer wieder die schwarzen Vögel
über mich wegfliegend.
Diese Frühaufsteher,
wenn ich die Augen öffne.

Und des Abends
– ich zu müd mich zu wehren –
ein verspäteter,
der in meinem Haar übernachtet.

2

Die Wiesen, die Augen
früh und spät
so naß.

Dazwischen
ist Tag.

Behütet

Ich schlafe im Schutz
meiner Traurigkeit.
Das Leid wie das Glück
baut Mauern.

Ich, ohne Haus,
immer im Schutz dieser Mauer,
wo der Krieg
stillsteht.

Wo ich an der Wunde
von einer Taube
Brustfeder
sterbe.

Nur Zeugen

Diese entblätternde Blume,
Sehnsucht,
ins Zeitlose
so langsam
fallend.

Der Schmerz
mit der durchschnittenen Nabelschnur,
gestern noch heilbar,
heute schon weit
im Niewieder.

Nichts können wir ändern,
nur zusehn,
über dem unbegreiflichen
Vermögen weh zu tun
die Tränen mischend.

Letzte Mitteilung

Mein Bett ein Blatt
auf den Gefällen der Nächte,
immer schneller.

Ich sehe die Ufer nicht,
habe die Neugier verloren,
lege nicht an.

Das Segel aus Briefen
ziehe ich ein,
lasse keine Adresse.

Trost, spätfüßiger,
– gestern rief ich noch –
kann mich nie mehr erreichen.

Dienstpflichtig

Dies Jahr ein Sarg.
Du hast ein volles Jahr
mit einem toten Traum geschlafen.

Du lebst noch,
du wirst eingezogen
zum Tun der Lebenden.

Du lebst noch
und der Traum ist tot,
zerbrechlich und zerbrochen,

wie Träume sind
und Lebende
nach dem Tod der Toten.

Du lebst
und bist so unbeschützt,
so unbeschützbar,

wie alle Lebenden
die lange im Grab
eines Traums gelegen haben.

Asternfeld

Wenn du weißt
daß die äußerste Plattform
immer leer ist,
das Stelldichein
mit dem Augenblick
um einen Atemzug enttäuscht.

(Nur Gott
wäre pünktlich.)

Wenn du in beiden Reihen gegangen bist:
Die all das Ihre
bei sich tragen dürfen.
Die mit dem mühsamen Gleichgewicht,
denen der Traum
nicht mitwill.

(Wenn dir der Kern
aus der Wunschkapsel fiel.)

Wenn du an Sterben denkst
als stündest du auf
und gingst ganz leise,
ohne zu stören,
in ein anderes Zimmer
wo niemand wartet.

(Du bist kein Kind,
das eine Hand bei der Hand nimmt.)

Vielleicht hebst du dann
den Kopf ein wenig,
weil in einem Asternfeld
alle Blüten
die rosa und lila Köpfe
zur Sonne drehn.

Traumwasser

Traumwasser
voll ertrunkener Tage.

Traumwasser
steigt in den Straßen.

Traumwasser
schwemmt mich hinweg.

Unterwegs

Von Herberge zu Herberge
Vergessenheit.
Der eigene Name
wird etwas Fremdes.

Deine Mutter
lebt nirgendwo,
ist längst dein Kind geworden,
das du nicht gebierst.

Und daß dich einer liebt,
daß man dich anders lieben kann
als im Vorübergehn,
das nimmt dich wunder.

April

Die Welt riecht süß
nach Gestern.
Düfte sind dauerhaft.

Du öffnest das Fenster.
Alle Frühlinge
kommen herein mit diesem.

Frühling der mehr ist
als grüne Blätter.
Ein Kuß birgt alle Küsse.

Immer dieser glänzend glatte
Himmel über der Stadt,
in den die Straßen fließen.

Du weißt, der Winter
und der Schmerz
sind nichts, was umbringt.

Die Luft riecht heute süß
nach Gestern –
das süß nach Heute roch.

Mit leichtem Gepäck

Gewöhn dich nicht.
Du darfst dich nicht gewöhnen.
Eine Rose ist eine Rose.
Aber ein Heim
ist kein Heim.

Sag dem Schoßhund Gegenstand ab
der dich anwedelt
aus den Schaufenstern.
Er irrt. Du
riechst nicht nach Bleiben.

Ein Löffel ist besser als zwei.
Häng ihn dir um den Hals,
du darfst einen haben,
denn mit der Hand
schöpft sich das Heiße zu schwer.

Es liefe der Zucker dir durch die Finger,
wie der Trost,
wie der Wunsch,
an dem Tag
da er dein wird.

Du darfst einen Löffel haben,
eine Rose,
vielleicht ein Herz
und, vielleicht,
ein Grab.

Fremder

1

Ich falle durch jedes Netz,
wie ein Toter

falle ich durch die Netze hindurch.
Samenkorn ohne Erde
schwerelos
treibt mich der Wind
aus allen Netzen empor.

Wohin ich komme, Gespinst von Wegen,
eng geknüpft.

In jeder Stadt liegt bereit
was sie brauchen,
Spielzeug und Hochzeitslaken
und der Platz
bei dem Sarg der Mutter.

Ich brauche nichts, ich komme und gehe
mit offenen Händen.

»Unsere Sprache sprichst du«,
sagen sie überall
mit Verwundern.
Ich bin der Fremde,
der ihre Sprache spricht.

2

Vor mir wird aufgebaut,
hinter mir abgeräumt,
die Bühne aus sehr dauerhaften
Häusern, Straßen, Bäumen.
Minuten ehe ich komme,
ein Platz, Stühle, ein Tisch.
Man bringt mir Kaffee,
ich spreche die Sprache des Kellners.
Stunden entfernt
baut man ein Schlafzimmer auf
in einem lauten Hotel.
Niemand wartet am Zug.

Ich ziehe um mich
das kleine schon dünne Tuch
deiner Liebe,
mein einziges Kleid.
Ich gehe im Licht
eines fernen
längst erloschenen
Lächelns.

Orientierung

für Minne

Mein Herz, diese Sonnenblume
auf der Suche
nach dem Licht.

Welchem
der lang vergangenen Schimmer
hebst du den Kopf zu
an den dunklen Tagen?

Bitte an einen Delphin

für Christine Busta

Jede Nacht
mein Kissen umarmend wie einen sanften Delphin
schwimme ich weiter fort.

Sanfter Delphin
in diesem Meer von Herzklopfen,
trage mich,

wenn es hell wird,
an einen gütigen Strand.
Fern der Küste von morgen.

Zärtliche Nacht

Es kommt die Nacht
da liebst du

nicht was schön –
was häßlich ist.

Nicht was steigt –
was schon fallen muß.

Nicht wo du helfen kannst –
wo du hilflos bist.

Es ist eine zärtliche Nacht,
die Nacht da du liebst,

was Liebe
nicht retten kann.

Rückkehr der Schiffe

Du hast alles fortgehen lassen
was dir gehörte.
Auch die Erwartung.
Abgewandt stieg sie aufs Schiff,
ehe sich's löste
aus deiner Bucht.

Du vergißt dein Gesicht.
Ein Toter fast
der sich noch regt
und der sich noch die Nägel schneiden kann,
dem auch die Wangen oft naß sind,
ohne daß er merkt daß er weint.

Aber nichts stirbt ganz.
Schläft nur in dir, dem fast Toten.
Alles kann wiederkommen.
Nicht so.
Aber doch, auf seine Art,
wieder-kommen.

Auch das Schiff.
Alle deine Schiffe zugleich.
Ein sanftes Licht.
Du weißt es selber nicht,
sind dir die Schiffe heimgekehrt,
heben hohe Bäume sich aus dir?

Nur daß Weite und Licht ist
in deiner unendlichen Brust
und sich alles versöhnt, bei seiner
Einfahrt in diese große Wunde
ohne Ränder, die
vollsteht mit einem süßen Wasser.

LIEDER ZUR ERMUTIGUNG

I

Unsere Kissen sind naß
von den Tränen
verstörter Träume.

Aber wieder steigt
aus unseren leeren
hilflosen Händen
die Taube auf.

II

Lange wurdest du um die türelosen
Mauern der Stadt gejagt.

Du fliehst und streust
die verwirrten Namen der Dinge
hinter dich.

Vertrauen, dieses schwerste
ABC.

Ich mache ein kleines Zeichen
in die Luft,
unsichtbar,
wo die neue Stadt beginnt,
Jerusalem,
die goldene,
aus Nichts.

III

für Li

Diese Vögel
ohne Schmerzen,
diese leichtesten goldenen
Vögel
dahintreibend
über den Dächern.

Keiner
nach dem andern
fragend.

Ohne Bitte,
ohne Sehnsucht,
sich mischend, sich trennend.

Wir,
unter den Dächern,
uns anklammernd.

Sieh,
die Sonne kehrt
wieder
als goldener Rauch.
Die fallende steigt.
Steigt aus den Dächern Hiobs.
Es tagt
heute
zum zweiten Mal.

Inhalt

RÜCKKEHR DER SCHIFFE

Hilde Domin
im
S. Fischer Verlag
und
Fischer Taschenbuch Verlag

Hilde Domin im S. Fischer Verlag

Lyrik

»Federnde Präzision und maskenabreißender Wille zum Lied für eine bessere Welt.«

Robert Minder

Nur eine Rose als Stütze
1959, 36. Tsd. 2001

Rückkehr der Schiffe
1962, 15. Tsd. 1993

Hier
1964, 15. Tsd. 1995

Ich will dich
1970, 14. Tsd. 1998

Gesammelte Gedichte
1952 – 1987
1987, 26. Tsd. 2002

Der Baum blüht trotzdem
13. Tsd. 2002

fi 555 005 / 3 / a

Prosa

Gesammelte autobiographische Schriften
Fast ein Lebenslauf
5. Tsd. 1997. Leinen

Gesammelte Essays
Heimat in der Sprache
4. Tsd. 1993. Leinen

Zu ihrem 80. Geburtstag
hat Hilde Domin ihre autobiographischen Schriften und
ihre Essays neu zusammengestellt und gegenüber
früheren Ausgaben erheblich erweitert.
Diese beiden Bände bieten
einen vollständigen Blick auf Leben und Denken
einer Autorin, die eine engagierte Zeugin
dieses Jahrhunderts ist.

fi 555 005 / 1 / b

Lyrik

Nur eine Rose als Stütze
27. – 32. Tsd. 2001
Band 12207

Rückkehr der Schiffe
10. – 13. Tsd. 2003
Band 12208

Hier
14. – 16. Tsd. 2000
Band 12206

Ich will dich
12. – 15. Tsd. 2001
Band 12209

»Am ehesten überlebt, was Nachkommen und Geschlechtern die Vergangenheit fast handgreiflich nahebringt. Ich denke, daß unsere Urenkel in Hilde Domins Werken die Botschaft einer wunderbar schöpferischen und abscheulich zerstörerischen Epoche finden werden, in der man es oft nötig hatte, nach einem Halt zu suchen und ›eine Rose als Stütze‹ zu wählen.«
Manès Sperber

fi 555 005 / 3 / c

Hilde Domin im Fischer Taschenbuch Verlag

Prosa

Von der Natur nicht vorgesehen
Autobiographisches
4. Aufl., 21. Tsd. 1988. Serie Piper
Neuausgabe. 7. – 8. Tsd. 2001. Fischer Taschenbuch Verlag
Band 12203

»Ein außergewöhnliches Opus,
so aufrichtig wie aufschlußreich.«
Marcel Reich-Ranicki

Gesammelte Autobiographische Schriften
Fast ein Lebenslauf
4. – 5. Tsd. 2001. Fischer Taschenbuch Verlag
Band 14071

Aber die Hoffnung
Autobiographisches aus und über Deutschland
5. Aufl., 15. Tsd. 1987. Serie Piper
Neuausgabe. 6. – 7. Tsd. 2002. Fischer Taschenbuch Verlag
Band 12202

»Dies Buch ist ein überzeugender Beitrag
zum Widerstand: Gegen die Gewöhnung an Leid
und Unrecht.«
ORF

fi 555 005 / 3 / d

Prosa

Das zweite Paradies
Roman in Segmenten
Originalausgabe. 8. Tsd. 1986. Piper Verlag
Neuausgabe. 8. – 9. Tsd. 2003. Fischer Taschenbuch Verlag
Band 12201

»Hilde Domins *Das zweite Paradies*
ist für mich eines der wenigen Bücher, in dem
die Verknüpfung der Themen Liebe und
Heimat überzeugend gelingt.«
Uwe Prell, L'80 – 1986

Wozu Lyrik heute
Dichtung und Leser in der gesteuerten Gesellschaft
5. Aufl., 20. Tsd. 1988. Serie Piper
Neuausgabe. 4. – 5. Tsd. 1997. Fischer Taschenbuch Verlag
Band 12204

»Gewichtige Argumente, mit denen man
all jenen begegnen kann, die dafür plädieren,
der Kunst den Abschied zu geben.«
WDR

Das Gedicht als Augenblick von Freiheit
Frankfurter Poetik-Vorlesungen 1987 / 88
Serie Piper
Neuausgabe. 6. – 7. Tsd. 1999
Fischer Taschenbuch Verlag
Band 12205

fi 555 005 / 2 / e

Hilde Domin im Fischer Taschenbuch Verlag

Editionen

Doppelinterpretationen
Das zeitgenössische Gedicht
zwischen Autor und Leser
1966, 78. – 79. Tsd. 1997
Band 1060

Nachkrieg und Unfrieden
Gedichte als Index 1945 – 1995
Erweiterte Neuausgabe 1995
Band 12526
Hrsg. von Hilde Domin und Clemens Greve
Nachwort von Hilde Domin:
Das politische Gedicht und die Öffentlichkeit
5. – 6. Tsd. 1998

»Hilde Domin hat ein unfehlbares Flair,
wieweit Sprache – deutsche Sprache – heute trägt.«
Joachim Günther

Materialien zu Hilde Domin

Vokabular der Erinnerungen
Zum Werk von Hilde Domin
Hrsg. von Bettina von Wangenheim
Aktualisierte Neuausgabe 1998
von Ilseluise Metz
Band 13479
1. – 3. Tsd. 1998

fi 555 005 / 2 / f